AF252568

Y

Ye

13961

DITHYRAMBE

SUR

L'INAUGURATION DU MONUMENT

ÉLEVÉ A LA MÉMOIRE

DE

Lamoignon-Malesherbes.

PAR ÉDOUARD ALLETZ.

A PARIS,

CHEZ ACHILLE DÉSAUGES, LIBRAIRE,

RUE JACOB, N° 5.

1826

PARIS, IMPRIMERIE DE DECOURCHANT,
Rue d'Erfurth, n. 1, près l'Abbaye.

DITHYRAMBE

SUR

L'INAUGURATION DU MONUMENT

ÉLEVÉ A LA MÉMOIRE

DE

LAMOIGNON - MALESHERBES.

Dans le temple des lois quel marbre solitaire
Étale à mes regards la majesté du deuil ?
Qui repose entouré des pompes du cercueil ?
Est-ce d'un prince éteint le palais funéraire ?
Quel dieu mortel, marchant naguère entre les rois,
A déposé la pourpre au bout de sa carrière,
Et, mort, a vu placer sous la garde des lois
    Et sa mémoire et sa poussière ?

    « Inclinez-vous, jeune étranger;
    Sous ce marbre sommeille un juste :
    Mais osez, pour l'interroger,

Réveiller sa poussière auguste !
Pour son roi, pour la liberté
Jadis, sous cette froide cendre,
Un cœur fidèle a palpité.
Tour à tour il sut les défendre ;
Au cercueil il les vit descendre :
Soudain ce cœur s'est arrêté.

» Vous voyez le funèbre hommage
Que lui rend sa patrie en deuil :
Victime d'un noble courage,
Sa récompense est un cercueil.
Tout l'univers est tributaire
Du monument de ses malheurs ;
Et sur son urne cinéraire
Les rois ont répandu des pleurs (1). »

Malesherbes, salut ! La France désolée
Soulage ses regrets par ce tribut d'honneurs ;
Mais que sert à ton ombre un amas de splendeurs ?
Ton nom seul est un mausolée.

Je brûle de te célébrer ;
Mon souvenir s'anime ; ô poétique flamme !
J'échappe au temps ; je te vois respirer ;
Et ton siècle revit pour les yeux de mon âme.
Où suis-je ? le sol manque à mon pied chancelant ;

La terre siffle en s'ébranlant :
Le ciel s'enfuit sous les nuages;
Des comètes, au vol brûlant,
Traversent l'air chargé d'orages;
L'univers interrompt ses lois;
Et l'on voit scintiller, parmi ces noirs présages,
Cette étoile de mort qui consume les rois.

Du sang de ses enfans quelle terre trempée!
Je vois vers sa ruine un royaume penché :
Je vois sous la tranchante épée
Ce fil où des États le sort est attaché.
O ma patrie, ô France, as-tu creusé ta tombe?...
Des débris de leurs fers tes peuples sont armés;
Le soleil éblouit leurs yeux long-temps fermés :
Lois, trône, autel, tout s'efface et tout tombe.

Partout la voix des pleurs, partout les cris du sang!
La mort, comme un filet, sur la France est tendue.
Malheur à la richesse, à la grandeur, au rang!
La fortune dénonce et la naissance tue.

Des tribuns demi-nus, des Brutus en lambeaux,
Avides de forfaits, ont fui de leur repaire;
Et ces rois du Forum, tout hideux de misère,
Vont proclamant, escortés de bourreaux,
La fraternité des tombeaux.

Quelle haute colonne, éternisant leurs crimes,
Irait soudain fendre les cieux,
Si du cercueil de leurs victimes
Tous les os échappés couraient se joindre entre eux!

Mes yeux, me trompez-vous? Ciel! je crois reconnaître,
A l'ombre de ces murs, un captif couronné.
Le sceptre entre ses mains frémit d'être enchaîné :
Le peuple est-il roi de son maître?
O Louis, ta vertu surpasse tes malheurs;
Plus grand qu'eux, tu les vois d'un regard intrépide,
Et ne fatigues point d'une plainte timide
Ta couche solitaire et veuve de grandeurs.
En vain l'océan populaire
Qui, par un calme salutaire,
Rendait hommage à tes aïeux,
Impatient de ses rivages,
De tempêtes et de naufrages
T'apporte un tribut odieux.

Mais ta royale épouse, esclave des alarmes,
Baignant de pleurs les fers qui pèsent sur ses charmes,
Dit à l'orage : « Épargne, en ton cours furieux,
» Ces rejetons du trône élevés sous mes yeux,
» Qui de la royauté n'ont connu que les larmes! »
Tel, captif dans son nid flottant,
Quand le ciel à gronder s'apprête,

DITHYRAMBE.

Alcyon voit, en gémissant,
L'espoir de ses amours bercé par la tempête.

Le trône est accusé de seize ans de vertus.
Un prince magnanime expiant sa clémence,
Par le crime est noirci de crimes prétendus;
Et deux cœurs généreux, dans ces jours corrompus,
Osent affronter seuls l'honneur de sa défense.

Mais que dis-je? Un mortel, chargé de gloire et d'ans,
Que la nature en deuil, pour s'absoudre, a fait naître,
S'avance, et vient offrir aux malheurs de son maître
L'appui de ses vertus et de ses cheveux blancs.

Ce mortel a subi la noble tyrannie
Qu'une illustre infortune exerce sur les cœurs.
Jamais il ne grossit la cour des vils flatteurs;
Jamais il ne connut la fausse idolâtrie
Qui brûle au pied du trône un encens corrupteur;
Aux libertés du peuple il prodigua sa vie;
Mais la prison d'un roi tient son âme asservie :
    C'est le courtisan du malheur.

Échappé des liens de sa famille en larmes,
Il vole, plein du Ciel qui semble l'inspirer;
Le danger l'a séduit par de sublimes charmes :
Il ne l'accepte point, mais il court l'implorer.

BIBLIOTHÈQUE IMPÉRIALE IMPR.

Ce vieillard, dont jadis la noble indépendance
Fut d'un roi jeune encor le conseil et l'appui,
Pour la première fois brigue sa récompense,
    Et demande à mourir pour lui.
Du trône renversant les barrières superbes,
L'infortune en secret rapproche deux amis;
Et le jour du malheur aux regards de Louis
    A dévoilé tout Malesherbes (2).

Dans le calice amer il verse un peu de miel.
Au milieu de l'orage on bénit sa présence.
    Sa vue est un bienfait du Ciel;
    Et pour Louis, c'est l'espérance (3).

Espoir trop fugitif! ah! tarde à t'envoler!...
Mais ses juges ont soif, et son sang va couler.
    A travers le voile perfide
    De mille ténébreux détours
On distingue les fils de leur trame homicide :
Déjà dans le secret de leur lit parricide,
    Ils ont compté ses jours.

Leur oreille est d'airain; et ta plainte inutile
Se perd, ô Lamoignon, dans un désert affreux;
    Ta parole descend sur eux
Ainsi que l'eau du ciel sur un sable stérile.

Déjà le crime au Roi dresse un trône fatal.
  Le manteau de pourpre se change
Sur le corps du martyr en linceul sépulcral,
Et le ciel s'est ouvert pour recevoir un ange.
    Au bonheur d'un empire entier
Du nouveau saint Louis la vie est dérobée;
      Et de la majesté tombée
      Un échafaud est l'héritier.

    La mort n'obtiendra que ta cendre;
O citoyen du ciel, tu rends grâce au bourreau !
    Sa main seule te peut tout rendre :
    Ta couronne est dans le tombeau.

    A son tour bientôt il succombe
Celui dont les vieux ans furent ton noble appui :
Mais à ses yeux la gloire a réchauffé la tombe ;
L'heure du repos vient quand le soleil a lui.
Lamoignon suit tes pas; Dieu veut que tu le voies
Des palmes du martyre orner ses cheveux blancs.
Des illustres martyrs il va grossir les rangs,
Et d'une belle mort il goûtera les joies.
Ouverte aux doux rayons d'un consolant espoir,
L'âme du patriarche, à cette heure funeste,
Semble encor s'agrandir, et cette fleur céleste
Verse plus de parfums aux approches du soir.

La mort ne trouble point son courage sublime;

O toi qu'il défendit, dans les cieux tu l'attends !
Son cœur s'étonnerait, ô royale victime,
Qu'à daigner vous unir on tardât plus long-temps !
Proscripteurs, son destin rit de votre puissance :
Vous croyez le punir, vous l'immortalisez :
Le châtiment pour lui se tourne en récompense ;
En abrégeant ses jours, vous les éternisez.
D'un supplice infamant la honte fait sa gloire ;
L'échafaud à sa mort prête un éclat nouveau ;
Le char des criminels est son char de victoire ;
Le plus vil des trépas en devient le plus beau !

Sa fille, qui, durant cet horrible déluge
De larmes et de sang, de maux et de forfaits,
Dans l'arche où le vieillard trouvait un sûr refuge
Fut pour lui la colombe et d'espoir et de paix,
Sa fille obtient l'honneur d'escorter au supplice
Les compagnons blanchis du héros condamné,
　　Et d'un hymen long-temps propice
Rend avec joie au Ciel le gage fortuné (4).
Telle dans nos climats, aimable passagère,
L'hirondelle, échappée aux serres des vautours,
Du ciel montrant la route au fruit de ses amours,
　　Le guide vers une autre terre.

Liberté ! Liberté, gémis sur leurs tombeaux !
Des feuilles du cyprès que ton front s'environne !

Ton arbre, cultivé par la main des bourreaux,
De funèbres tributs a formé ta couronne.
Tel aux brûlans rayons du soleil des déserts,
Le Jourdain voit éclore une funeste plante,
   Dont les fruits par l'homme entr'ouverts
N'offrent qu'un peu de cendre à sa soif dévorante.

NOTES.

(1) Tous les souverains de l'Europe ont souscrit pour le monument élevé à la mémoire du courageux défenseur de Louis XVI.

(2) Le moment n'arriva que trop tôt où l'attachement de M. de Malesherbes pour le Roi put se déployer sans opposition et sans réserve, et avec une générosité sublime; où, resté presque seul auprès de celui qu'avait environné naguère un essaim si nombreux de courtisans, et pour qui la pompe et la splendeur de Versailles étaient remplacées par l'obscurité de la tour du Temple, il put devenir pour la troisième fois son conseil, lorsque, sans couronne et dans les fers, il ne pouvait plus faire espérer d'autre récompense et d'autre salaire à personne, que la gloire de finir ses jours sur le même échafaud que lui.

M. de Malesherbes avait alors soixante-douze ans; deux fois il avait été le ministre de Louis XVI aux jours de sa toute-puissance, et il l'avait été malgré lui. Il s'était éloigné de la cour, quand il avait reconnu que les principes qu'on y professait étaient d'une manière trop forte en opposition avec les siens, et qu'il eut perdu l'espérance d'y être utile. Il avait retrouvé sa douce retraite et ses études favorites : et avec la connaissance que l'on avait de ses habitudes et de ses goûts, qui n'eût cru que sa carrière politique était finie, et qu'il n'aurait plus l'occasion de rien ajouter à sa renommée, déjà brillante d'un si grand éclat?

Mais la carrière d'un aussi grand citoyen pouvait-elle être terminée, quand il avait encore du bien à faire, et quelque vertu à déployer? et le dernier soupir d'un pareil homme pouvait-il s'exhaler vers le ciel, sans augmenter encore son illustration? Il reparut quand il se crut nécessaire, et il ne se trouva pas dispensé du service qu'il espérait rendre, par l'éloignement où on l'avait tenu, et par le peu d'intérêt qu'on semblait mettre encore à sa présence.

Ah! l'histoire, sans doute, ne présenta jamais aucun exemple d'une vertu plus noble et plus haute que celle qui couronna sa belle et glorieuse vie, parce qu'elle n'en consacra jamais aucun qui fût plus désintéressé, et dont le mobile appartînt plus exclusivement à elle-même! On a vu plus d'une fois dans les annales de la France, même dans le cours de notre révolution, des actes d'un courage assez éminent, et qui pouvaient être supérieurs à la certitude de la mort; mais ils étaient réclamés par la voie impérieuse de l'honneur, par la puissance du devoir, peut-être par celle du danger, ainsi que par l'idée des maux sans nombre qu'aurait pu rappeler sur la France une conduite lâche et timide, tandis que dans cette circonstance-ci, la vertu, mise en action par elle seule, se déployait uniquement pour elle.

M. de Malesherbes aurait pu, sans être ingrat, se tenir dans l'éloignement, comme beaucoup d'autres plus réellement comblés des faveurs de celui qu'il s'agissait alors de défendre; s'envelopper de sa vieillesse et de son obscurité; attendre qu'on songeât à lui, et ne paraître que quand on l'aurait réclamé. Si le Roi l'eût appelé, sans doute il eût été beau, dans les circonstances affreuses où il se trouvait, de ne pas demeurer sourd à sa voix, et d'accepter sans hésiter la périlleuse fonction qu'il lui eût confiée; toutefois, et heureusement pour l'espèce humaine, cette conduite courageuse, toute respectable qu'elle eût été, n'aurait offert rien de surnaturel : mais aller le chercher dans son infortune, dans sa prison, malgré son oubli, au milieu de ses ennemis les plus acharnés, de ses dangers les plus imminens, pour consoler et partager sa destinée, voilà le comble de l'héroïsme, voilà le dernier terme de la vertu. Certes, je suis loin de vouloir rabaisser le mérite de ceux qui remplirent si dignement les devoirs que leur imposa le malheureux Louis XVI, parce qu'ils furent honorés, avant tout, d'un choix qu'ils justifièrent si bien : je sais admirer autant qu'un autre cet accord respectable et précieux du vrai talent et du courage, du dévoûment et de l'habileté, cette union sacrée entre la force de l'esprit et celle de l'âme, qu'ils manifestèrent alors d'une manière si périlleuse, si désintéressée, et par conséquent si honorable. Mais il faut avouer pourtant que la gloire de M. de Malesherbes est supérieure à toutes les autres. Il alla s'offrir de lui-même, alors qu'on ne le demandait pas ; il n'attendit pas le danger, il l'appela ; il alla au-devant de lui ; il réclama, quand il eût suffi d'accepter ; il sollicita, quand il eût suffi d'obéir ; et son dévoûment sans mesure n'eut pas besoin d'être provoqué pour se montrer. (*Essai sur la vie et les écrits de Malesherbes*, par Boissy-d'Anglas, t. II, p. 127.)

(3) M. de Malesherbes, dans cette douloureuse circonstance, ne fut pas seulement le défenseur de celui *qui avait été son maître*, il fut encore au plus haut degré son consolateur et son ami. On voit, dans les récits qui nous ont été laissés de ce qui s'est passé alors, qu'il allait deux fois par jour au Temple, soit pour informer le Roi des événemens qui pouvaient l'intéresser et de la marche de la discussion dont la Convention était le théâtre, soit pour régler avec ses deux avocats, et devant lui, la direction et les moyens

de sa défense. Quelles consolations touchantes et précieuses la présence de cet homme de bien ne venait-elle pas apporter chaque jour à cette infortunée famille, qui n'avait, en quelque sorte, maintenant d'autre appui que lui dans l'épouvantable solitude à laquelle elle était livrée, ou parmi les hommes affreux qui venaient quelquefois l'interrompre! (*Ibid.*, p. 136.)

(4) Malesherbes fut conduit à l'échafaud avec sa fille, sa petite-fille, et quarante magistrats : c'est lui qui fut placé le dernier sous la hache fumante du sang de sa famille et de ses compagnons.

www.ingramcontent.com/pod-product-compliance
Lightning Source LLC
LaVergne TN
LVHW051149060726
842526LV00006B/2302